LA THÉRÉSADE

POÈME EN CINQ CHANTS

ET EN VERS DE HUIT PATTES

PAR

Henri GARJEDANN

CLERMONT-FERRAND

TYPOGRAPHIE MONT-LOUIS, LIBRAIRE

RUE BARBANÇON

1868

LA THÉRÉSADE

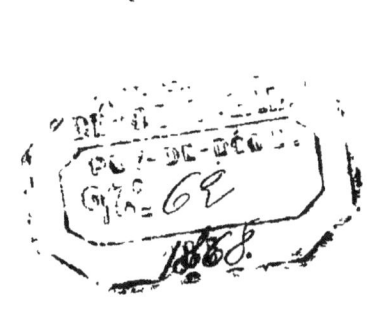

LA THÉRÉSADE

POËME EN CINQ CHANTS

ET EN VERS DE HUIT PATTES

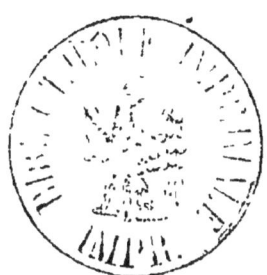

PAR

Henri GARJEDANN

CLERMONT-FERRAND

TYPOGRAPHIE MONT-LOUIS, LIBRAIRE

RUE BARBANÇON

1868

LA THÉRÉSADE

CHANT PREMIER

—

Je chante cette fière voix
Aux accents mâles et grivois
Qui régna quatre ans dans Lutèce
Par sa force et par sa souplesse,
Et qui, je l'espère bien fort,
Y règnera longtemps encor.

Muse, fais que, dans cette occase,
Je sois bien maître de Pégase,
Afin de pouvoir dignement
Célébrer un si beau talent

Et conter sans trop de ratures
Aux générations futures
L'enthousiasme que nous causa
La ravissante Thérésa.

La chansonnette était en France
Depuis longtemps en décadence,
Et l'on n'entendait plus partout
Que des chants à dormir debout.
Dans le salon, dans la guinguette,
Depuis Dunkerque jusqu'à Cette,
Dans le moindre café chantant
On ne chantait plus qu'en hurlant.
Chacun avait l'âme chagrine
S'il ne poussait l'*ut* de poitrine,
On n'entendait qu'airs d'opéra,
Cavatines, *et cætera*,
Et le public, mélancolique,
Endormi par cette musique,
D'un monotone ronflement
Renforçait l'accompagnement.
L'ennui faisait trouver la bière
Pour ainsi dire plus amère,
Et l'infortuné spectateur,
Découragé par la chaleur

Et par des boissons détestables,
Sortait, jurant par tous les diables
Qu'on ne le verrait pas de longtemps
Dans de tels établissements.
Aussi, les chantantes guinguettes
Ne faisant plus que des recettes
Qui pouvaient à peine payer
Le gaz, l'orchestre et le loyer,
Finissaient souvent, somme toute,
Par une bonne banqueroute.

Les choses donc étaient ainsi
Depuis longtemps quand, Dieu merci,
Apollon, dieu de l'harmonie,
Surpris de la monotonie
Des chansons dont, à tout moment,
On lui fatiguait le tympan,
Résolut tout à coup de faire
Un petit voyage sur terre
Afin de rehausser le ton
De l'art dont il est le patron.

Une nuit donc, avant l'aurore,
A l'heure où tout sommeille encore

Dans Paris, excepté les chats,
Les sergents de ville et les rats,
Dessus notre planète il plonge
Et sur-le-champ paraît en songe
Au directeur de l'Alcazar
Qui dans son lit faisait du lard.
« Tu dors, lui dit-il, bon compère,
» Pendant que je me désespère
» D'entendre le charivari
» Que l'on fait tous les soirs ici.
» Ne sais-tu pas que la musique
» Que l'on chante dans ta boutique
» N'est bonne, la plupart du temps,
» Qu'à nous faire grincer les dents ?
» Mais, dorénavant, il importe
» Que les choses soient d'autre sorte.
» Attends-toi donc à recevoir
» Ce matin même ou bien ce soir
» La visite d'une chanteuse
» Dont la voix est si merveilleuse
» Que la foule, j'en suis garant,
» Emplira ton café chantant
» Au point de t'en être importune.
» Retiens-la donc, et la fortune
» Sans retard comblera tes vœux. »
Il dit et, soudain, vers les cieux,

Plus rapide que l'hirondelle,

Le dieu s'envole à tire-d'aile

Et disparaît dans la vapeur.

Aussitôt le bon directeur

Se réveille, les yeux se frotte,

Saute du lit, met sa culotte

Et, sans hésiter un instant,

Chez son pipelet il se rend.

« Holà, hé ! Pipelet du diable,

» Lui dit-il d'une voix aimable,

» Faudra-t-il donc que le patron

» Aujourd'hui tire le cordon ?

» A bas du lit, chienne de face,

» Si tu ne veux perdre ta place,

» Et prends bien soin de faire entrer

» Tous ceux qui voudront me parler,

» Que ce soit homme, femme ou diable. »

CHANT DEUXIÈME

—

Le soir de ce jour mémorable
Il se trouva, bien par hasard,
Dans la salle de l'Alcazar
Plus de monde que de coutume :
Des employés, des gens de plume,
Des étrangers de tous pays,
Des grandes dames, des laïs,
Des ouvriers, des militaires,
Des princes, des apothicaires,
Des étudiants, des avocats,
Des médecins, des Auvergnats,
Enfin ce qui, sur notre boule
Forme habituellement la foule,

En passant sur le boulevard
Était entré dans l'Alcazar.
On commença. D'abord l'affaire
Se passa comme à l'ordinaire :
On chanta le *Macaroni*,
Près du moulin, le *Riquiqui :*
On eut celui d'entendre ensuite
Un duo de la *Favorite*,
Et puis l'orchestre exécuta
Une sautillante polka ;
Un tenor abordant *Guillaume*
Reçut sur le nez une pomme :
C'est une sorte de bouquet
Dont fréquemment on se servait
En ce temps. Enfin vers la porte
Des consommateurs la cohorte
Commençait à se diriger,
Car les neuf venaient de sonner,
Lorsqu'une chanteuse inconnue
Paraît. La nouvelle venue
Entre en marchant d'un pas léger,
Sourit, s'arrête, et, sans bouger,
Bravant les yeux fixés sur elle,
Laisse jouer la ritournelle.
Chacun se rassied dans le but
De l'entendre, car un début

Est toujours pour un dilettante
Une chose fort importante,
Vu qu'il procure le plaisir
Soit de siffler soit d'applaudir.
Et puis on remarquait en elle
Une attitude si nouvelle
Et dans le port des bras surtout
Un air de vouloir *tomber* tout
Si différent de ces manières
Détestablement minaudières
Dont on se sentait fatigué,
Que le public fut intrigué.
On s'assied donc, on fait silence,
Chaque assistant son voisin tance
Et tout le monde fait : chut, chut,
Ce qui fait toujours du chahut.
Enfin s'élève une voix pleine,
Forte, vibrante, souveraine,
Et les spectateurs haletants
Se taisent. Aux premiers accents
De cette voix si sympathique
Un maçon avala sa chique ;
Un vieux beau fut si stupéfait
Qu'il laissa tomber son toupet
Laissant à découvert sa nuque
Sans un poil faute de perruque,

Ce qui, pour un vieil enjoleux,
Est un accident bien fâcheux ;
Un employé du télégraphe
Mit en morceau une carafe
Dont il versait en ce moment
Un peu d'eau dans son mazagran ;
Enfin, dans cette foule émue
Chacun commit une bévue,
Tant fut gigantesque l'effet
Que causa le premier couplet.
Aussi, quand la dernière note
Sortit vibrante de la glotte
De la triomphante diva,
Toute la salle se leva,
Et des bravos frénétiques,
Des hurlements si fantastiques
Retentirent dans la maison
Que l'on craignit, non sans raison,
Que les murailles tombassent
Et le bon public n'écrasassent.
Heureusement qu'il n'en fut rien
Et que tout se passa très-bien.

Cependant notre cantatrice,
Voyant qu'on lui rendait justice,

Avec sang-froid se préparait
A chanter le second couplet.
Fallait la voir près de la rampe !
Quelle assurance ! Quelle campe !
Quel air de penser en son for :
Laissez donc, ce n'est rien encor
Et vous en verrez tout à l'heure
De bien plus fortes ou je meure.
Non, non, je n'entreprendrai pas
De dépeindre ici le fracas
Qui signala cette victoire.
Vraiment, c'était à n'y pas croire,
Et bien des gens, j'en suis certain,
Durent penser le lendemain
Que cette étonnante merveille
N'était qu'un songe de la veille.
Chapeaux en l'air, trépignements,
Bouquets lancés et hurlements,
Futes-vous jamais dans Lutèce
L'effet de semblable allégresse ?
Futes-vous jamais le tribut
Mérité d'un si beau début ?

Mais si la foule fut contente
De la nouvelle débutante,

Quel fut donc le ravissement
Du directeur en ce moment !
Lorsque la belle cantatrice
Revint enfin dans la coulisse,
Il fit vers elle quatre pas,
Voulut parler et ne put pas.
Mais, mettant un genou par terre,
Il lui prend la main, la lui serre,
Et, de ses lèvres l'approchant,
Il la lui baisa galamment.

CHANT TROISIÈME

A partir de ce jour de gloire
Ce fut de victoire en victoire
Que notre héroïne vola;
Le prix de la bière tripla
Ainsi que le nombre des chaises,
Ce dont ne sont pas très-fort aises
Ceux qui veulent absolument
Être installés commodément.
Mais ne se fût-on pas fait pendre,
Fouler, mitrailler pour entendre
Une victime de l'amour?
Et sans compter que chaque jour
On entendait chanson nouvelle
Toujours de plus belle en plus belle :

La gardeuse d'ours, Le bœuf gras,
Tu ne l'auras pas, Nicolas,
La nourrice, La femme à barbe
Qui rime si bien avec *marbre ;*
Mais je n'aurais jamais fini
Si je voulais inscrire ici
Exacte et complète la liste
Des triomphes de notre artiste.
De Paris les plus grands talents
Pâlirent devant ses accents ;
Tout ce qui vivait de musique
Fut pris d'une terreur panique ;
Joseph même, le grand Joseph,
Des chanteurs comiques le chef,
Joseph de qui la renommée
Avait, de contrée en contrée,
Fait sonner les nobles exploits,
Dut plier devant cette voix.

Un soir qu'il flânait dans la rue,
Un ami, d'une voix émue,
Lui dit : « Joseph, mon bon ami,
» Comment te dirai-je ceci ?
» Il faut pourtant que je le dise,
» Car ce serait une sottise

» De te laisser ainsi dormir

» Sur tes lauriers sans t'avertir.

» Je t'apprends donc que, dans la salle

» De l'Alcazar, une rivale

» Te prend le plus pur de l'encens

» Que l'on donnait à tes talents.

» Je l'ai vue, et je puis te dire

» Que tu n'as pas sujet de rire. »

« — Hein ! » fit Joseph en bondissant

Comme piqué par un serpent,

« Ce que tu dis est-il croyable ?

» Quoi ! je... tu dis... oh ! par le diable,

» Il faut que j'aille voir cela. »

Et sur ces mots il s'en alla.

Il court, il vole, il fend la presse,

Tombe par terre, se redresse,

Se frotte les reins et repart,

Puis atteint enfin l'Alcazar.

Il s'assied tout près de l'entrée

Et dit d'une voix *altérée :*

« Garçon, un bock, » et tout pensif,

Il attend l'instant décisif,

Le cœur tremblant, la tête basse.

Mais à peine a-t-il pris sa place

Que tout à coup il se produit
Dans toute la salle un grand bruit :
Bravi ! bravo ! brava ! c'est elle !
Chacun s'agite pêle-mêle
Et le pauvre Joseph peut voir
La cause de son désespoir.
C'est elle, en effet, qui s'avance
En faisant une révérence
Si pleine de grâce et de chic
Qu'immédiatement le public
Fait silence, tient son haleine
Et, les yeux fixés sur la scène,
Attend muet comme un poisson.
Alors commence la chanson :
Je suis une artiste acrobate ;
Joseph desserre sa cravate,
Car les veines de son gros cou
Se sont enflées tout à coup ;
Il se démène et sa figure
S'assombrit plus fort à mesure
Que la chanteuse va son train,
Comme fait celle du marin
Quand, sur l'Océan, la tempête
Amoncelle dessus sa tête
Tant de nues qu'il fait si noir
Qu'il est impossible d'y voir.

A peine le couplet s'achève
Que Joseph brusquement se lève,
Boit sa chope, met son gibus,
Et prend la fuite aussi confus
Que jadis le brave Mayenne
Lorsque, se serrant la bedaine,
Il fuyait, de peur d'accident,
Devant Henri Quatre le Grand.

Le lendemain, brisé, tout pâle,
Joseph quitta la capitale
Et, sur lui faisant un effort,
Courut le monde. Il court encor.

CHANT QUATRIÈME

—

Pendant la paix, pendant la guerre,
De tous les pays de la terre,
Hommes, femmes, filles, enfants,
Affluèrent pendant quatre ans
Pour entendre cette chanteuse
Dont la voix était si fameuse,
Et les Parisiens charmés,
De plus en plus enthousiasmés,
Ne ménageaient pas la louange
A cette voix digne d'un ange
Qui faisait ombre à la Patti
Ainsi qu'aux lions de Batty,
Lorsqu'un jour, oh ! jour de tristesse,
Il se produisit dans Lutèce

Une épouvantable rumeur.
Chacun criait : Malheur ! malheur !
Où donc est-elle ? Elle est partie !
C'est pour cause de maladie !
Elle a, du moins à ce qu'on dit,
Perdu la voix et l'appétit !
On en vint même de la sorte
A prétendre qu'elle était morte.
Enfin, après quatre ou cinq jours,
Le vacarme augmentant toujours,
Les membres de l'hygiénique
Craignant que cette peur panique
Portât atteinte à la santé
Générale de la cité,
Firent dire en toute la ville :
Que l'on pouvait être tranquille,
Que la divine Thérésa
N'avait qu'un simple coryza,
Affection peu dangereuse;
Et comme, d'ailleurs, la chanteuse
Était d'un fort tempérament,
Qu'elle guérirait vitement
Etant, du reste, bien soignée.

De cette façon renseignée
Sur sa très-chère Thérésa,

La ville se tranquillisa,

Mais n'en fut pas moins consternée,

Et, de même que chaque année,

Le soleil, cet astre divin,

Après avoir cui le raisin,

Qui pousse sur cet hémisphère

S'en va, n'ayant plus rien à faire,

Et nous laisse, en butte aux autans,

Grelotter jusques au printemps ;

Loin de sa chaleur bienfaisante,

La nature triste, souffrante,

Se dessèche, se rabougrit,

Perd son éclat et dépérit

Pendant la saison rigoureuse :

De même la grande chanteuse,

Après avoir pendant quatre ans

Vivifié de ses accents

Un public à sa voix fidèle,

En partant laissa derrière elle

Le froid, le découragement,

Les regrets et l'abattement.

CHANT CINQUIÈME

—

Paresseux qui, toute l'année,
Dormez la grasse matinée
Et, comme les oiseaux de nuit,
Ronflez lorsque le soleil luit,
Lorsque la saison printanière,
Suivant le cours de sa carrière,
Reverdira votre jardin,
Arrachez-vous un beau matin
Un peu plus tôt que de coutume
De votre énervant lit de plume ;
Entrez hardiment dans un bois
Et prêtez l'oreille à la voix
Des oiseaux qui, dans leur ivresse,
Entonnent l'hymne d'allégresse

Et tous ensemble, à leur réveil,
Chantent le retour du soleil.
Comme ils étalent leur plumage !
Comme ils voltigent ! Quel ramage !
Pour ce soleil que de chansons !
Ils semblent boire ses rayons
Et se roulent dans la lumière
De sa bienfaisante crinière,
Oubliant, dès que l'ombre fuit,
Toutes leurs terreurs de la nuit ;
De même, un beau matin, Lutèce
Se réveilla dans l'allégresse ;
Mille cris de ravissement
S'élevèrent au firmament,
Se répétèrent dans les nues
Et troublèrent le vol des grues.
On s'abordait, on s'embrassait
Et sur le ventre on se tapait,
Ce qui fut de tout temps en France
Un signe de réjouissance.
Eh bien ! La voilà de retour,
S'écriait-on, ah ! quel grand jour !
Nous allons donc encore entendre
Cette voix si pure et si tendre !
Remercions-en le destin
Et vers la Porte-Saint-Martin

Acheminons-nous les mains pleines
De violettes, de verveines,
De tulipes, de réséda,
De géranium, *et cætera*.

C'est, en effet, vers ce théâtre
Qu'on vit la foule se rabattre
Lorsqu'on apprit qu'elle chantait
Dans *mil huit cent soixante-sept*
Cette pièce si regrettée
Que les Anglais ont achetée
Assez cher, dans l'intention
De la jouer dans Albion.
Anglais, rougissez-vous la trogne
Avec du bordeaux, du bourgogne,
Buvez, avec ou sans excès,
Tous les vins des côteaux français ;
Payez pour qu'on vous expédie
Et nos pièces de comédie
Et nos truffes et nos pigeons
Et nos radis et nos oignons ;
Mais, ô nation acheteuse,
Vous n'aurez pas notre chanteuse ;
Non, non, c'est sur le sol français
Qu'elle obtiendra tous ses succès !

Pour l'instant elle se repose,
Mais, bien plus tôt qu'on ne suppose,
Nous allons avoir de nouveau
Le plaisir de crier bravo !

Et vous, héroïne suprême
De cet intéressant poème,
Vous, dont la magnifique voix
Nous fit crier *bis* tant de fois,
Vous dont le dieu des croque-note
A si bien disposé la glotte
Qu'on ne peut vraiment vous ouïr
Sans être forcé d'applaudir :
Puisque le dieu de l'harmonie
Des chants vous donne le génie,
Puissiez-vous encor bien longtemps
Nous faire admirer vos talents !

Clermont-Ferrand, typographie Mont-Louis, rue Barbançon.

Clermont-Ferrand, typ. Mont-Louis.

www.ingramcontent.com/pod-product-compliance
Lightning Source LLC
Chambersburg PA
CBHW061606180626
46818CB00005B/1979